KB130001

꽃이 아니야

책 만 드 는 집　시 인 선 0 5 2

꽃이 아니야

박순영 시집

책만드는집

서시 序詩

산다는 것
그것은 내 일이 아니었다
주어진 날들에
최선을 다할 뿐으로
꽃처럼
스러질 때까지
향을 품는 것이리라

만물의 한가운데
풀꽃으로 꿇어앉아
내 안의 이야기가
타래로 감겨들면
시조의
베틀에 올라
글 비단을 꿈꾼다

| 차례 |

1부 마음 가운데

2부   꽃이 아니야

3부 산사의 봄

4부 여행길에서

5부 계절의 기도

6부 붓을 잡고서

유성규   세계전통시인협회 회장

예향藝鄕 진도珍島에서 태어나 수려한 풍광과 유별난 예술적 분위기 속에서 시혼詩魂과 예기藝技를 가꾼 여류 시인 박순영朴淳英 선생이 『꽃이 아니야』라는 처녀 시조집을 펴내신다.

영혼의 목소리를 함부로 다루기도 싫고, 또 이왕이면 유감없는 시집이기를 간망하다 보니 이렇게 늦어졌다는 것이다.

등단한 지가 10여 년이 훌쩍 넘어버렸으니 늦은 편이기는 하지만, '함부로'가 아닌 준엄한 그 작가 정신이 좋았다.

아버님 죽곡竹谷 박인혁 선생님은 국전 심사위원(서예 부문)을 거치셨으며, 한 동생은 화가, 다른 동생은 서예가, 거기에 박순영 선생은 시인이니 보기 드문 예벌藝閥이라 유복할 듯싶은데, 너무나 가슴 아프고 슬픈 일들이 쉴 사이가 없었다는 것이다.

그러나 이런 시련은 작가에겐 소중한 재산이라는 점에 유념할

필요가 있다. 삶의 밑바닥을 두드려대는 아픔 없이는 좋은 작품이 탄생되지 않는 법이다.

박 시인은 어깨가 절로 들썩이는 〈진도아리랑〉을 듣고 자랐다. 아버님의 먹물 냄새를 맡고, 첨찰산 쌍계사의 흐드러진 동백꽃을 보고 자랐다. 향교 가는 길의 보리 이랑 그 파란 바람 소리와 소나무 숲의 싱싱한 빛깔로 눈과 귀를 맑히며 자랐다. 이런 게 박 시인을 훌륭하게 키워낸 뒷자리다.

시조를 두고 고루하다거니 따분하다 여기는 분들이 박순영 시인의 시조를 대하면 생각이 달라질 것이다.

박 시인은 시조만 능한 것이 아니다. 서예와 동양화는 취미 생활의 경지를 넘어섰고, 조각은 교원실기대회에서 최우수상, 도자기는 교원자료전에서 최우수상, 시조는 공무원문예대전에서 입상한 바 있으며 녹조근정훈장을 비롯 무슨 상 무슨 상 하며 상복이 터졌다. 한마디로 재간 덩어리다.

박순영 시인은 시조를 '마음의 꽃'이라 여긴단다. 시조만 대하면 답답증이 절로 풀린단다.

지금부터 박 시인의 작품을 감상키로 한다. 단, 지면 관계로 시제만 제시하고 간략하게 언급하게 됨을 유감으로 생각한다.

「진달래구나」라는 작품은 근간에 보기 드문 걸작이다. 족히 현대시조의 새로운 지평을 열었다 할 것이다. 현대적 감각과 예술적 기량 그리고 철학적 안목이 알맞게 배합된 작품이었다.

「죽곡산방竹谷山房」은 간절한 사부곡이었고, 「고택의 하룻밤」은 예리한 터치와 결삭음의 극치였다.

「선운사 동백꽃」은 깔끔한 맛과 도드라진 감각적 수법이 좋았다.

「귀로歸路」는 고도의 사유적 산물이었다.

「실직失職」은 어둠이 광명보다 더 간절히 다가오는 고도의 예술적 기량을 과시했다.

「이명耳鳴」과 「이제는」은 절제력이 일품이었고, 「산사의 봄 1」은 이미지 창출이 돋보이며, 「노숙자露宿者」는 수식어가 아닌 고도의 수사력으로 아프고 슬픈 이야기를 점철시키고 있다.

「곡성 오일장」은 현장감의 극치다. 살냄새가 물씬 풍기며, 고운 정이 똑똑 떨어지는 작품이었다.

이 밖에도 두드러진 작품이 수두룩한데 언급지 못함이 아쉽지만 딴 분의 상세한 해설이 있을 것이라 믿고 이만 줄인다.

아무쪼록 건강하시고, 하시는 일마다 형통하시고, 더 좋은 작품으로 우리를 기쁘게 해주시리라 믿고 문단의 기린아가 되시라고 축원한다.

1부
마음 가운데

기다리려오

온다고 하였으니 오는 만큼 오겠거니
오는 길 가는 길 접어보고 펴도 보고
한 길도
안 되는 마음
천 길보다 멀어라

잊혀졌나 생각느니 잊자고 마음먹고
마음 문 걸다 말고 하루 세고 또 세고
마음은
섬과 섬 사이
보이는 듯 마는 듯

마음 가운데

그립다 내디딘 발 어느새 두 발이고

아니다 돌아서도 언제나 그 자리

마음만 가고 왔는데 발이 먼저 시리다

약속

궂은 날을 탓하랴 끄덕여도 보건만

내일이 또 오늘인가 기약 없이 가는 날들

먼 산에 그리움 숨어 눈썹달로 뜨고 지고

이별

하룻밤 만리장성 쌓아도 보았어라

그만 저 하늘에 달님마저 없었다면

어제는 달님이 울고 오늘은 내가 울고

그 한마디

스쳐라도 두 눈을 몰래 아니 보는 건

실없는 한마디도 건네지 못하는 건

행여나 놓칠 것 같은 그 한마디 때문에

상처

말하지도 못하고 듣지도 못했는데

드린 맘을 어찌하여 반으로 나누리까

내보여 나눌 것이면 덜어두고 드렸지요

꼭 둘이서

때마다 만났는데 그도 둘만 보자시니
유독 그 맘속에 제자리가 있었군요
첨으로
뿌듯해오는
기다림을 만났지요

잔잔한 커피 향과 단아한 그 모습은
어울려 아름다운 카페의 액자처럼
세월의
때가 낄수록
값진 날이 되겠지요

그분의 방

가라앉은 젖가슴에 어둠이 내려앉고

상처 난 고막에는 가난한 피리 소리

빈방에 머리카락만 한두 올 남겨놓고

잊으려도

숨쉬기를 잊을망정 널 어찌 잊겠니

잊으려도 잊는 법을 잊어버린 까닭에

너와 나 손 닿지 않는 그 순간을 맴돈다

이제는

당신의
언저리를
맴도는 그림자로

당신의
옷깃에
스미는 바람으로

뜰 앞에
잠깐 머무는
낙엽이고 싶습니다

형! 보게나

참으로 긴 여행 뒤에 마주한 사람처럼
꿈에라도 반겨주니 뭐라 말을 하겠소만
그리도 가깝던 길이 이리 멀 줄이야

광화문 네거리에 공연이 있던 날
초대장에 마음 한 줄 따로 넣어 오겠거니
두 눈이 깊어지도록 생각 고개 넘어갔지

광대놀음 핑계 삼아 기대도 보고 싶고
슬그머니 마주 보며 웃어볼까 했는데
마음이 졸고 있는지 쪽지 한 장 없네그려

진정으로

목숨 줄 걸어두고 사랑한 적 있는지

피눈물로 가슴 적신 이별은 있었는지

사무쳐 그리운 날이 미워진 적 있는지

꽃 같은 이별

임의 손에 묻어 온 풀꽃 같은 이별 하나
화심에 푸른 강물 향기 함께 흐르다
물마루 하늘을 이고 여울목에 안긴다

남겨진 발자국의 모래밭 이야기도
결국은 버려야 할 한 다발의 꽃이지만
어디든 뿌리를 묻고 색색으로 이운다

오찬午餐

중정中庭의 사각四角 하늘
소반小盤 위에 걸어두고

동그마니 둘러앉아
종지마다 애기꽃

한 젓갈 별미로구나
신록으로 간을 했네

마음꽃

추적이는 빗소리에
실려 온 문자 한 줄

"넘어진 건 운명이고 서는 것은 내 몫이야"

심연에 핀 꽃이로고
우담바라 한 송이

생일 선물

꽃같이 살자더니
그도 꽃이 되었는지

생일 선물 준다며
꽃 한 송이 들고 왔네

어쩜 그 함박꽃 같은
환한 웃음 함께 안고

여심

다소곳이 앉았다
의기意氣도 보였다

앉음새를 고치는 척
흐린 눈을 돌렸다

아무렴
아프지 않고
피는 꽃이 꽃이랴

후회

너무 늦게 알았다 말이 필요 없는 것을

하찮은 일에 목숨 걸다 잡은 고기도 놓친 날

비린내 나는 오후를 좌판에서 걷었다

맞선

웃고 있는 남자와
먼 곳을 보는 여자

아직도 없는 마음
이리저리 뒤적인다

찻잔 속
온기만큼을
시간 내는 중이다

넋두리

내 젖은 발자국에
혀를 깨문 자존심이

꺾인 세월 풀어 쥐고
살풀이를 추어본들

한 잔에
취한 하늘이
북장단을 알거나

인력시장

꿀맛 같은 새벽잠을
첫 담배로 요기하고

긴 줄로 웅성대는 모퉁이의 빈손들

일회용
종이컵 같은
하루를 팔고 산다

백수白手

하루 이틀 넘어가다
달력은 훌쩍 뛰고

뒤통수 따끔대는 반나절 하루살이

아버지
낡은 구두와
눈이 딱 마주쳤다

실직失職

오늘은 내가 살고
내일은 누가 살까

희망은 언제부터 기억을 떠나가고

지금은
이십오시다
꿈에 보는 엄마 얼굴

수험생

몇 번의 겨울이 가고
외톨이가 되었다

마지막 여름이 조용히 기다린다

나보다
고독해 뵈는
책 한 권을 품었다

고독사 孤獨死

오로지 혼자인 곳 문패 대신 고지서

산소 같던 인연 줄 그리움은 독이었다

으슥진 창틀 아래서 백골 그가 웃는다

너를 보면서

목 늘인 사슴처럼 긴 뿔이 돋으려나
초원을 그리며 바람을 손짓하는
오월의 푸르름이다
초록 물이 뚝 뚝 지는

누구라 탐을 할까 그 차디찬 열정을
파도를 삼켜낸 심연深淵의 발현發現이다
모두의 한 모금이 될
너의 긴 호흡이다

잔들대는 심지를 젊음으로 지키며
깊은 밤 달그림자 품어보던 하늘가
한 점의 그리움들은
별이 되어 숨었다

노숙자露宿者

그도 한 번은
아버지의 아들로

어쩌면 지금은
아들의 아버지로

사무친
세월의 꿈이
지하도에 자고 있다

병마

지난번 동행할 땐 일내는가 싶었어
한동안 안 보여서 다행이다 싶었는데
또 다른
길목을 지켜
이렇게 만나는군

이번 길엔 예전처럼 밀지는 말게나
한 사흘 마주 보며 그렇게 가고 싶네
고향 길
가까웠으니
재촉 말고 쉬엄 가세

2부
꽃이 아니야

산수유

물오른 산중에 산수유는 마중꽃

잎도 없이 꽃만 먼저 봄 마중을 왔는데

내 봄은 꽃 마중 가다 징검다리 놓고 있네

코스모스

물 맑은 하늘길 바람을 가로막고

소곤소곤 재잘재잘 신명 나는 가시내

꺾일 듯 가는 허리에 가을만 취해간다

상사화

잎이 져야 꽃이 피는 그 사연을 누가 알랴

전생에 무슨 사연 그리도 기가 막혀

그리움 긴 목에 걸고 붉다 못해 타는구나

명자꽃

달 아래 매화더니 다시 보니 네로구나

발그레한 수줍음 다정조차 하여라

아쉬워 뒤돌아보는 언니 같은 이름이네

개나리

무에 그리 좋은지 울 너머로 새실새실

온 동네 수다쟁이 순이 애기 엿듣다

병아리 종종걸음을 울타리에 세웠다

능소화

젊고나 젊은 것이 누구를 기다리다

붉은 입술 깨물고 저리 곱게 지는 걸까

가로등 고개를 묻고 밤마다 흐느낀다

제비꽃

꽃 잔치에 밀려가다 엉겅퀴에 찔린 발

바위틈에 기대고 수줍게 내민 고개

나더러 오랑캐꽃이래 투덜대다 배시시

영춘화

첫새벽 봄 맞으러 버선발로 내달리다

양지쪽 개나리밭에 치마꼬리 걸렸나

노오란 네 웃음소리 봄을 데려왔구나

잡초

누구 몰래 휩쓸려 얼결에 차린 살림

정갈한 난蘭 잎 사이 못난 것도 한 몫일세

두 것이 조화로우니 주인이 따로 없네

동백꽃

시집간 네 누이의 겨울밤을 지켰으면

뒷마당 한 곁에 그림자나 될 일이지

문 앞에 통으로 져서 아린 봄을 후비나

보리꽃

진달래 서울 오니 너도 왔단 말이지
이름까지 감추고 꽃병에 든 꼴이라니

아무리
분칠을 해도
너는 본디 청靑보리

깜부기랑 손잡고 밭둑이나 볼 것이지
보릿고개 한숨 소리 벌써 잊고 말았다니

분分 없는
호사豪奢로구나
서러운 봄 익는다

민들레

우주의 시간만큼 높아진 하늘 보며

천진스런 미소를 하얗게 사르고

노랗게 빛나던 인연 동그랗게 흩어진다

진달래구나

얌전할 땐 언제고 봄만 되면 불질이다
가신 님 눈에 밟혀 옷도 제때 못 걸치고
순이네 뒷산에 가서 목숨 걸고 타더니

너마저 서울이 좋아 한달음에 왔구나
몹쓸 것 본데없이 아무 데나 팔 벌리고
넋 놓고 해님만 쫓다 헐떡이며 갈 것을

아무렴 이 봄날을 지키는 이 또 있을까
반갑고도 낯설다가 아련한 고향 생각
잊었던 마디마디가 꽃잎으로 지누나

나무의 계절

봄

잔가지 아롱아롱 꽃물 또 들이려
살얼음 풀리는 밑둥 시린 줄도 모르고
봄밤을 또 지새우며 꽃 이름을 외고 있다

여름

미쳐가는 열기에 터질 듯한 심장으로
푸르름 목숨 걸고 성하盛夏를 지켜내면
한낮은 부끄러워라 그늘 속을 맴돈다

가을

가지 끝에 남은 신록 풍요를 물들이며
떨리는 가장자리 무슨 언약 있었길래
기러기 줄짓는 밤엔 달빛 걸고 타더라

겨울

설원을 지켜내려 밤으로 더 우는 것은
먼 봄을 기다리는 그리움의 하소연
눈발도 몸을 낮추고 물을 데워 올린다

사군자四君子

매梅

훈풍이 스치어도 웃는 일 한 번 없고
눈雪 속에 서 있어도 향기를 팔지 않고
선비의 붓끝에 숨어 필 듯 말 듯 하여라

란蘭

봉안鳳眼을 그리려다 파르르 꺾인 한 잎
언 발을 내려딛고 초연한 척 능청대도
그놈의 그윽함이란 없는 듯 출렁인다

국菊

속내를 감춰내려 노랗게 물든 꽃잎
천둥도 먹구름도 그리 울어 하였느니
서릿발 삭히는 날엔 누가 있어 또 울까

죽竹

비웠다 탓을 한들 속까지 비웠겠나
심중을 꺾지 못해 비워두고 보는 게지
백설이 다시 품을 제 마디마디 차는 것을

꽃이 아니야
-장미

싱그러운 그 신록 모두를 마셔야만
보드라운 입술을 여는 너의 갈증은
줄기의 어디쯤에서 타는 목을 가누려

누구의 화폭마다 긴 짐승의 짝이 되어
갈라진 혓바닥이 네 젊음을 핥고 가면
상처에 아픔을 묻고 죽을 만큼 타는 너

죽어야만 보이는 사자死者의 손짓 너머
사랑과 이별을 끝도 없이 훔쳐내 온
더 이상 꽃이 아니야 핏덩이 진 가슴이야

3부
산사의 봄

산사의 봄 1

머언 먼 산기슭
일주문에 앉은 구름

스님은 흰 구름을
쓸지 않고 기다리네

산문 밖
골짜기에는
눈발 같은 꽃잎 진다

산사의 봄 2

목어木魚에 이마를 찧다 수줍게 기대는 봄
흐르는 운무를 따라 두 손을 모으면
별마저 숨을 죽이며 염불 소리 따라 왼다

어디쯤 가고 와야 어둠을 건너갈까
비구니 하얀 밤은 풍경 소리 더디 울고
백팔 배 젖은 눈가에 봄도 함께 젖는다

산 울음 번지는 속 떨리는 꽃잎 하나
모질게 타는 가슴 꽃그늘에 묻어두고
수 수 수 지는 봄밤이 촛불 따라 흔들린다

봄 산에 들어

저리도 고운 산은 어디에 샘을 두고

해마다 봄 동산에 물을 길어 올리나

백설이 앉았던 가지 꽃들은 무등 탄다

봄날

비 비린내 풍기는 날 고사리는 첫사랑

산벌 떼 장날 서듯 새살림을 차리고

짝을 진 호랑나비는 훨훨 산을 또 넘고

봄 이야기

강나루 남은 턱에 버들가지 몸 풀고
연둣빛 이랑을 타던 민들레가 단잠 잘 때
사알짝 복사꽃 한 잎 수줍은 마실 간다

봄 강은 숨죽이고 꽃잎에 실려 가면
꽃 웃음 자지러진다 아지랑이 놀란다
봄 그냥 가는가 보다 몰래 쌓인 눈 녹는다

봄날의 기억

마음껏 피고 지는 자유를 따라가다
소월의 진달래로 다시 피고 싶은 날
물안개 꽃잎 재우는 품속에 눕는 거다

남겨둘 기억마저 애써 떠나보내고
아무것도 하지 않을 무엇이 생각난다
그때도 이리 고왔을 내 어머니 봄날에

춘란 春蘭

겨울잠에 지쳤던
긴 목을 추스른다

실낱같은 흰 발에
연둣빛 손톱으로

지난해
벗어두었던
향낭을 깁고 있다

봄비

몇 날을 운무 속에 기별만 넣더니만
죽도록 시린 가슴 먹물 긋듯 울게 하고
천지에
봄을 뿌리다
가지 끝을 핥고 있다

매화 걸음 봄소식에 두 눈을 흘기며
보란 듯 미끄러져 꽃 속에 숨더니
봄앓이
먼저 하는지
보슬보슬 앓는 소리

봄바람

복사꽃 깨물려다 장다리꽃에 야단맞고

버들잎에 그네 뛰는 봄 처녀를 마중 가다

상사화 눈물을 보고 봄비 찾아 나선다

여름날

한생을 후회 없다 목청껏 우는 매미

날마다 끄덕이며 지켜주는 가로등

하물며 나를 지켜줄 내 지음知音은 있는가

소나기

소나기 줄금줄금 더위를 몰고 가면
산밭에 서숙 모종 굽은 허리 일어선다

속옷이
흠뻑 젖어도
그냥 좋은 여름비

질척대는 장마철 한시가 지겹지만
그래도 폭염 중엔 명줄 같은 물줄기

한 번은
우산 없이도
맛깔나는 여름비

폭염

거미 집 짓는 소리 햇살에 반짝이고

대숲에 누운 바람 기척도 없는 날

불볕에 장항아리만 단내를 풀풀댄다

가을

고산 구릉 억새 목이
바람결에 일렁이니

지나던 흰 구름이
벗인 줄로 반겨 맞네

가을로
저무는 것이
어디 너뿐이더냐

초가을 단상

가을 한 스푼을
커피 잔에 내리고

벌써라는 한 마디를
프림 대신 넣고서

쏩쓸한
한 해를 물고
아쉬움을 넘겼다

내 가을날

노을까지 태우고 바람이 된 그리움
떨어진 한 잎마저 불덩이로 솟구치면
먼저 간 시간들조차
돌아오려 합니다

순간의 떨림들이 전율처럼 밀려들어
아름다운 침묵으로 내려앉은 시간은
기억 속 눈감지 못하는
가을비가 됩니다

품 안에 숨겨놓은 피리 소리 들릴까
마지막 그림이 된 그 미소가 아쉬워
지그시 입술 깨물고
혼자 웃어봅니다

달빛 아래 1

달 속에 항아님이 잔을 부어 찾아드니

가슴으로 기울여 그대 본 듯 한 모금

홀리듯
비운 잔 속에
간곳없는 그대 얼굴

달빛 아래 2

달빛에 걸린 갈잎 창가를 두드리고

귀뚜리는 목이 쉬게 은빛 강을 채우는데

저 달은
밝기도 하여
이내 속이 다 보이네

한 잎

신발 밑에 찰싹 붙어
따라온 가을 한 잎

현관 앞 대리석에
노랗게 붙어 있다

흩어진
신발 사이로
고개를 쏙 내민다

눈에 덮인 날

이제는 날숨을
놓아도 되는지요

고요를 축내는 미물이 된 이 순간
끝없이 깃들여 오는 눈발 속의 소리들

철없는 영혼들을
우주로 불러내어

청정한 숨결 아래 하얗게 갇힌 날
잊었던 고해성사로 다시 젖는 발자국

어느 눈 오는 날

설레는 눈발이다
손짓도 없었는데

천지인天地人 합을 이룬 순백의 몸짓들

포근한
정적을 안고
흠집 날까 두렵다

4부
여행길에서

여행길에서

-북유럽

빈 배는 그리운 듯 수평선에 물려 있고
물 아래 선 그림자 뿌리를 내리는데
호수는 구름을 띄워 노을을 읊조린다

빙하의 검은 계곡 이끼의 발톱 새로
상처를 핥고 가는 안개를 따라가다
속살에 무릎을 꿇고 가만 눈을 감았다

걸림 없는 자유에 시간은 녹아들고
해바라기 소원만 하늘 향해 이글대는
고흐의 밀밭에 누워 한쪽 귀를 찾았다

대포항

이곳은
출렁이는
파도 너만 아니다

불빛이 비린내가 시간이 출렁이고

첫새벽 어부의 고향
웃음으로 출렁인다

곡성 오일장

할머니 보따리엔 고사리에 머위취
올망올망 가득가득 소곤대는 봄 향기
봄볕에
고향 소식이
장마당에 줄 섰다

뒷산도 내려놓고 텃밭도 이고 와서
봄날을 한 움큼씩 덤으로 얹고 있다
이백 원
자릿값 빼고
장마당은 잔칫날

소록도

묻지도 않았으니 대답인들 있을까
길섶에 낮게 깔린 노을마저 겸손한 곳
죽어야
사는 거란다
죄만스런 눈동자

바람의 침묵조차 아려오는 섬 그늘
어른대는 기억 속 고운 님은 눈부셔라
등 밝힌
가슴 하나가
빈자리에 흔들린다

고택의 하룻밤

−춘천 고택

용마루 한허리에 쉬어 가던 바람도
분주한 누마루에 외씨 같던 버선발도
한 자락
꿈으로 남아
흘러드는 강이다

손 놓은 돌쩌귀에 장난치다 감긴 햇살
닳아버린 섬돌의 한기를 달래는데
헛기침
가락이 되어
문풍지를 넘나든다

황금 들녘

– 호남평야

보거라
가슴 벅찬
저 황금빛 물결을

먼 데 산
추녀까지
여지없이 밀어 올려

흥부네
곡간까지도
그득하게 출렁인다

벚꽃축제

−석촌호수

봄 봄이 날린다 머리카락 사이로
꿈결 같은 꽃길에 물오른 봄 만났다
보얗게 안기려다 슬며시 가고 있다

가는 봄이 서러워 물 밑에 숨은 꽃잎
아쉬움을 한데 모아 섬으로 띄워놓고
물결에 흔들리는 봄 봄을 저어 밀려간다

발길마다 휘도는 꽃안개는 시오 리 길
연인들 웃음 새로 온종일 맴도는 봄
인조의 삼전도비*엔 눈물처럼 지고 있다

* 1639년(인조 17년) 병자호란 때 청나라 태종이 조선 인조의 항복을 받고 자기
  의 공덕을 자랑하기 위해 세운 전승비戰勝碑. 원래의 비명은 삼전도청태종공
  덕비三田渡淸太宗功德碑이다. 이조판서 이경석李景奭이 글을 짓고, 글씨는 오
  준吳竣, 비명碑名은 여이징呂爾徵이 썼다.

선仙마을 유숙
－홍천

청록을 손질하여
이부자리 한 채 짓고
구름에 밭을 갈고 이슬로 술을 빚어
한 번은
쉬어도 좋을
산이 내게 말을 거네

날짐승들 율을 놓는
뜰 앞엔 기화요초琪花瑤草
도연명陶淵明 무릉도원 하룻밤 초대인가
산자락
허리에 누워
바람 먼저 보낸다

계곡 예불
−곡성 도림사

산을 넷* 둘러 입고
두 강**은 젖게 두고

구 곡九谷의 기개 보소 도인의 처소였네

계곡의 물소리 예불 눈과 귀를 씻고 왔네

* 동악산, 통명산, 곤방산, 검장산.
** 섬진강, 보성강.

선운사 동백꽃

그대 가는 날
내 어이 섧다 하리

저리도록 붉으니 뉘 진다 하리오

진녹津綠의 속살에 안겨 또 옹이 질 불덩이들

그리움 포개지다
하얗게 타는 입술

수줍던 그 미소 여적지도 수줍어라

간밤에 독경 소리가 사리 되어 진다 하네

보문사

목 축이는 석실에 끌리는 장삼 자락
나한상 연화합장 불빛도 번뇌더라
쉼 없는 목탁 소리가 산문을 가고 있다

깎아지른 눈썹바위 미륵보살 발끝이다
세월도 인연인가 법문은 물결 지고
천인대 백일홍 가지 예를 갖춰 듣는구나

석모도 바윗길에 흐드러진 싸리꽃
인내의 깊이만큼 내려선 발끝으로
싸리비 화두를 안고 법당 앞을 쓸고 있다

한강 변 스케치

때 묻은 이야기는 꽁초에 비벼 끄고
마저 남은 인연은 물살에 던져주고
사내는 바람이 되어 강턱에 누워 있다

비둘기 두어 마리 사내 곁을 지키는데
시야를 가로지른 부녀의 자전거가
사내의 기억 뒤편을 어지럽게 달린다

필총筆塚
－무등산 의제기념관에서

남종화의 필총 보소 혼불의 탄흔일세

주인 잃은 산수山水는 달빛에 어리는데

춘설당 목마른 연적 다향 앞에 종그린다

청량사

구름은 산허리에 산은 구름 위에
초파일 남은 불빛 빈 등에 숨어 있다
녹음을
지펴 올리며
나그넷길 밝히네

어허라 부처님 전 먼 산은 첩첩하여
오가는 마음조차 구름 밖의 산중일까
발아래
구름 파도가
길손을 배웅하네

청령포

나룻배도 발을 묶인 청령포는 섬이라오
달빛만 강에 들어 마주 보고 또 보고
서강 물 한양에 들면 날 보는 듯 반겨주오

어여 뉘를 탓하리오 오늘도 지는 석양
필부의 남은 정도 이보다는 나을진대
솔바람 구르는 소리 내 발길로 여기소서

사육신 찢긴 목숨 종묘에 고하는데
갓끈만 나를 위해 주춤대다 흔들리오
꿈길엔 견우가 되어 까마귀를 부르리다

님이 보실 저 달을 눈물로 세노라니
송림에 듣는 빗물 날 보신 듯 닦으소서
소첩은 직녀가 되어 오작교를 건너리다

* 단종 홍위弘暐와 중전 송씨를 시적 화자로 삼음.

모래언덕
−미국 데스밸리

빛에 숨은 그림자
그림자에 숨은 빛

바람의 날 위에서
이마를 마주하고

시공視空의
간극 사이를
교묘하게 날고 있다

산행

-지리산

산에 들면 외롭다 혼자일 때 더 외롭다

정상에 올라서면 남은 것은 돌아갈 길

땀방울 밑천을 삼아 앞만 보고 가는 오늘

도공의 사랑
−오카리나*

토해내다 사무친 도공의 그리움이

바람 속을 휘돌다 내처 저 불속에서

알알이
열 자락으로
서리서리 내려 운다

소리를 따라
-가곡歌曲*을 듣고서

천상을 오고 가는
바람이다 구름이다

꺾이어 쉬는 흔들림
그도 정녕 속(俗)이로세

홀로이
이울던 달빛
옷고름을 타고 돈다

* 우리나라 전통 성악곡의 한 갈래.

거문고* 산조散調

풍상風霜에 이울다 통 울음을 울던 가지
여명黎明을 띄워놓고
한 소리를 실어내니
여섯 길 비단 자락에 천지天地가 묶였구나

천음賤音이 내민 손을
백악지장百樂之丈이 마다할까
지그시 눈을 감고 한 줄을 내리치니
물 차던 기러기발은 허공을 차는구나

술대 끝에 휘이휘이 검은 날개 접어놓고
자는 듯 숨을 고르다
학 울음을 타던 금琴아
이제금 다듬이소리로 귀를 돌아 하나니

* 고구려 양원왕 때 국상(국무총리) 왕산악이 중국 진나라에서 들여온 칠현금을
  모양은 두고 제도를 고쳐 만들었다고 한다. 이때 100여 곡을 지어 연주하였
  더니 검은 학이 날아들어 춤을 추었기에 현학금玄鶴琴이라는 이름이 붙었고
  후에 현금玄琴이라고도 하였다.

5부

계절의 기도

오늘도

내 안에 청청淸靑함이 바래져 가는 날엔
살아온 날들을 손바닥에 올려놓고
묻어 온
지푸라기를
하나둘 걷어낸다

등 뒤에서 불어오던 바람도 멈춰 서고
인연은 맴돌다가 바쁘게들 떠나는데
이제는
창을 열어도
아무것도 볼 수 없다

세월이 고개를 넘다 한숨짓는 소리에
낯설게 웃어보는 거울 속의 백발은
영혼의
무게를 안고
오늘도 서성인다

낮은 곳으로

비도 슬퍼 우는 날엔 물이 되어 흐르리다
참아야 할 아픔이 바위를 뚫을망정
때마다
낮은 곳으로
그렇게 흐르리다

지난 것은 다독여 더 멀리 흐르리다
발길 쉬어 머무는 작은 못이 되도록
남루를
벗을 수 있게
더 천천히 더 낮게

부디 건네주소서

제 안의 오만함을 꾸짖으신 것이지요

불같은 부끄러움 보라 하신 것이지요

심중에 큰 강 하나를 부디 건네주소서

기도

가난한 제 결심에 회초리를 드십시오

마음에 돋은 심지 키우지도 못하고

두 손만 한데 모으고 매달리고 있습니다

계절의 기도

내 봄날은 냉철한 겨울에 감사한다
매서운 질책으로 살얼음을 건너와
소중한 시작의 기쁨을 나눌 수 있기에

여름 또한 눈부신 봄날에 감사한다
감미로운 꽃바람의 꿈 자락에 기대어
번개와 천둥소리를 이겨낼 수 있기에

내 가을은 뜨거운 여름에 감사한다
이글대던 순간마다 소나기로 식히고
달콤한 포도주 맛을 함께 볼 수 있기에

내 겨울은 넉넉한 가을에 감사한다
건강한 땀방울과 풍성한 열매들로
모두의 수고로움에 감사할 수 있음을

세월

세월은 문틈 새로 백마 가듯 가더니만

가던 길 검다 희다 바람 소리 들었는지

스님의 무명초 위에 하얗게 앉아 있네

이명耳鳴

장 콕토*는 소라 귀 내 귀는 울음 귀

내 안의 소리를 귀 기울여 들으라고

날마다 울고만 있다 귀뚜라미 한 마리

* 프랑스의 시인, 소설가.

귀로 歸路

생각이 날 버리기 전에
생각도 놓아주고

젖무덤 잠든 아가
꿈길에 놀러 가듯

강 건너
가는 그 길을
나도 그리 가려네

친정집

어머님이 살아생전
쓸고 닦던 그 집은

혼자되신 아버님이
지키시는 어머니 집

텃밭엔
호박꽃 초롱
여름 내내 불 밝힌다

빈객貧客

빈손으로 왔으니 빈손으로 갈밖에

아쉬움 모두 모아 가는 길에 나눠주고

손톱 밑 반달만큼을 숨겨둔 건 사랑이다

돌아온 아들

어쩌다 발꿈치가 김삿갓을 닮았길래

한마디 말도 없이 바람 속을 떠돌다

다 늙은 아비 곁에서 국밥을 말고 있다

후일에

범나비 한데 얼려
만발한 이 봄날에

혹여나 지는 꽃에
향기마저 잊힌다면

무엇을
마음에 두고
살았다고 할 것인가

성묘 길 1

함초롬 핀 민들레 꽃대 하나 또 하나

먼 산에 발 벗고 간 매미가 따라왔다

오묘한 행간의 의미 산소 옆에 고물고물

성묘 길 2

이승 저승 걸린 발에 핑계만 늘리다

부끄러운 웃음은 먼 하늘을 돌아나고

마지막 심장 소리는 아직도 그대로다

두고 간 미소
-사모곡 1

두고 간 미소 속에 살포시 젖어들다

산소 옆에 우거진 억새풀을 만났다

반드시 건너야 하는 그 강가를 생각했다

발톱 다듬기
－사모곡 2

손톱 발톱 다듬기가 무에 그리 힘이 들까

그 나이 되고서야 힘들다 알았으니

그립다 남은 정들이 손톱 밑을 파고든다

손 시린 장갑
-사모곡 3

벗어놓은 세월이 고스란히 눈밭이다

손 시린 빨간 장갑 그 눈밭에 앉아 울고

서둘러 떠나간 손길 다시없어 혼자 운다

이모 품에는
−사모곡 4

내가 가면 외갓집 이모 오면 조카 집

반가운 엄마 얘기 이모께는 동생 얘기

안기면 그리운 것들 이모 품엔 다 있다

6부
붓을 잡고서

죽곡산방 竹谷山房
－죽곡竹谷 박인혁 선생

노옹 老翁의 소맷자락
주야로 먹물 들어

선인의 곧은 절개
농묵濃墨으로 되새기니

한구석 누운 붓들도 머리 감고 지켜보네

묵향이 훈훈하니
난향은 촉촉하고

바깥 풍설 문을 닫고
머무는 오직 한길

서첩書帖에 남은 물기로 매화에 물 올린다

서실 풍경

하늘이 푸른 까닭에 연적에 구름 뜨고
날숨을 잊은 것도 왕희지를 닮았어라
비백飛白을 음미吟味해보는
학鶴 한 마리 날고 있다

청송靑松이 어우러진 소동파蘇東坡의 진경이요
대나무골 울타리에 도연명陶淵明의 십삼 초옥
그대로 청산이어라
우우우 바람 돈다

묵향을 따라

산바람 불러오고 강바람도 불러내어
좌정하고 길을 물어 가기를 재촉하면
말없이 거드는 묵향墨香 평생지기 한 친구

홀로이 떠나보는 피안의 여행길
난蘭 잎도 미동 없이 번뇌를 끊고 있나
선심禪心이 따로 없어라 묵향 속의 바라밀

마디마디 그 손끝을 먹물로 사는 사람
여심은 등 뒤에서 미륵불을 보았더냐
묵향의 고된 미학을 헤아리는 날이다

서실칠우書室七友

붓筆

먹물 짐을 무겁게 진 서생원의 긴 수염
한 가닥도 흩어질까 중봉에 힘을 싣고
지나온 하얀 얘기를 까맣게 풀고 있다

먹墨

깊은 물 낮은 골에 반듯한 길을 내어
온종일 가고 오다 쉬어도 보다가
한목숨 다 저물도록 가던 길을 가고 있다

벼루硯

평생토록 젖는 몸 지켜줄 짝을 만나
도란도란 오가며 한 살림을 늘려가며
몸 닳는 동병상련同病相憐을 지켜보고 있어라

서진書鎭

사분대는 실바람이 짓궂게도 파고들면
한달음에 달려가 밀어내고 온다더니
묵향에 길게 누워서 그만 잠을 청한다

연적硯滴

사알짝 벙글다가 연잎 들춰 세우고
한 방울은 이슬 자리 숨을 쉬는 또 한 자리
고운 님 눈물만큼을 품었다가 비웠다가

화선지畵宣紙

백설도 시샘하던 정갈한 몸 상백지桑白紙*
평생의 동반자 호연지기 필을 만나
흑백의 정절을 본다 억겁의 연이더라

낙관落款**

여백에는 사계절 열두 대문 열어두고
어디쯤 두인頭印일까 첫머리를 찾는데
명名과 호號 음양의 조화 반듯하게 앉아 있네

* 화선지 중에 가장 좋은 종이.
** '낙성관지落成款識'의 준말로 '落成'은 "일을 모두 마쳤다"이고 '款'은 "도장
을 찍다", '識'은 "기록하다"이다.

붓을 잡고서

가다가 머무르고 머물러 다시 가고

쭉 뻗고 내달으다
끝은 차고 오르고

마음은 붓끝 아래서 고운 님을 맞고 있네

오며 가며 둘러 둘러 점 하나 흘려두고

쉬엄쉬엄 가는 길에
행도 연도 늘려볼까

마음은 붓끝 아래서 고운 님을 기다리네

황혼黃昏의 일기

긴 밤

찻잔에 달빛 얹고 시린 밤 다독이려
듣는 이 혼자 앉아 흥얼이는 소야곡
눈 익은 문고리조차 긴 밤에 낯설어라

섬

새벽녘 노을만 뜰 앞에 내려앉는
질주하는 도시의 인적 없는 외딴섬
외로움 난蘭 잎에 기대 하루를 또 조은다

빨래

늘어진 옷가지에 청승맞은 회한悔恨 자락
누렇게 배어들어 한구석에 구름이다
등 뒤의 그리움까지 하얗게 삶아냈다

식사 시간

먼 길을 마다 않고 왔다 가는 웃음소리
남은 웃음 쓸어 모아 숟가락에 올려봐도
마주한 아쉬움들만 빈 의자에 앉아 있다

아내꽃

꽃밭 가득 그 속에 수수히 어여쁜 꽃
진홍빛 지는 사연 가슴 밑을 저며오면
숨기다 목에 밟히는 아 당신은 접시꽃

분실물

뼛속을 휘도는 찬 바람과 함께 누워
소리 없이 쌓이는 적막을 건드렸다
이불깃 스치는 소리 잃어버린 시간들

그 모습 그 눈빛을
－내 할머님*

차마 가슴 시려라 바람도 돌아가던
한恨 덩이 녹기도 전에 콧등 다시 시려와도
의연히 내려놓으신 가슴속의 한 이름

박꽃은 희어야만 흰빛만큼 여문다시며
마지막 한 방울의 의미조차 떨쳐내시던
여읜 몸 고운 선 따라 달빛 흘러 고이데

나비의 무게로 와 맑은 하늘이 무겁다시던
이제사 알 것만 같은 그 모습 그 눈빛을
고무신 콧날조차도 그래 그리 맑았나

* 독립유공자 김인학(외삼촌)의 어머니.

호랑나비

색 중에 색을 얻어 욕심껏 눈부시다
이 세상 그 어디 저런 비단 또 있을꼬
아서라
천의무봉天衣無縫에
날갯짓도 있었구려

앉는 듯 날아볼까 나는 듯 앉아볼까
비켜 가다 휘청여도 때마다 그림일세
취하여
앉지도 않고
스쳐만 가려는가

이제 그만 살포시 내려앉아 보구려
별빛을 품은 인연 더욱 고와 보일 것을
밤으로
젖은 날개를
어찌 쉬어 가려는가

운명 앞에 맞서다
−황진이 1

흑단黑丹에 농담濃淡 풀어 학의 깃에 실고서
난초의 향을 덜어 옷고름을 묶던 손
땅끝을 기울이다가 천지간에 홀로 섰네

세상의 절벽 앞에 세운 무릎 안고서
고鼓를 타는 절창絶唱은 탯줄 삭힌 속울음
불같은 마음을 쓸어 물과 같이 살고 지고

큰머리 올린 치마 꿈으로 내려 울다
꽃 같은 네 입술은 상강을 물었구나
먼 길에 등잔불 지면 흐르는 피 강이어라

연인을 찾아
-황진이 2

청초나 우거진 골 잔을 붓던 그 사람
어긋난 잔을 채워 만나는 보았는가
홀로이 청하기 전에 권해도 봄직하이

먼저 간 북망산에 상사화로 피려나
상여조차 목이 멘 호방산*의 속적삼
이승에 못다 한 정은 삼세 연에 묶게나

불신심佛身心에 스친 인연 업보의 순례인가
선사의 목탁 소리 돌려나 주었는지
바랑에 달빛차거든 백팔 배나 올리게나

녹수에 권하던 잔 어디에 두었는가
술잔이 넘치도록 띄워내던 한 음률
명월도 그믐이 되니 산 넘이를 했네그려

* 상여의 맨 위에 햇빛을 가리기 위해 쳐놓은 넓은 천.

외로움
-황진이 3

열두 폭을 여며봐도 빈 잔의 운명이다
달과 별을 불러내 하늘 위를 걸을까
마음은
바람이 되어
꽃보라로 지는데

다시 오기 어렵다는 그 말조차 그리워
서러움 삼켜 웃는 속절없는 사람아
가는 길
접고 접어도
외로움만 천리라

기나긴 밤이어든 꿈길조차 더디고
먼 산의 그림자만 창살에 비껴들 제
귀밑을
바래는 백발
먼저 간다 하더라

품 안에 숨겨놓은 고아한 피리 소리

이석규 세계전통시인협회 수석부회장 · 가천대학교 석좌교수

I

박순영의 시조를 읽다 보면 마치 고아古雅한 조선 가옥에 들어선 기분이 든다.

안뜰에 담장 안으로 운치 있는 정원수들과 소담스러운 꽃밭, 그 한옆으로 적당한 크기의 연못과 동산이 누워 있고 이끼 낀 바위가 몇 웅크려 있으며, 석등 옆으로 맑은 물길이 흐르고 있다. 안으로 들어가면 어머니와 아버지 그리고 형제와 동기간 등 가족들의 모습이 이미지처럼 흐르고 있다. 고풍스러운 가구와 미닫이, 윤기 흐르는 장판, 달밤이면 창호 위로 대나무 그림자가 수를 놓는 고아한 집……. 그 안에서 탈속한 선비가 또는 청순한 요조숙녀가 홀로 앉아 화선지를 서진으로 고정하고 붓을 들어 난을

145

치고 있을 것 같은.

　다시 말하면 박순영의 시조는 그 어떤 시인의 그것보다 한국적인 정조가 넘친다. 소재로 등장하는 가야금 가락, 동양화, 춤사위 등이 그러하고, 표현하는 어휘와 그 사용 습관에 외래의 물이 들지 않은 순수한 한국적 기품을 띠고 있음이 그러하다. 뿐만 아니라 우리의 선비 정신이나 서민들의 생활은 물론 농작물이나 이름 없는 풀, 꽃 한 송이에 이르기까지 우리의 다양한 소재들을 망라하여 형상화하고 의미를 부여함이 자연스럽기 그지없다. 게다가 그 하나하나에서 우리 고유의 기품과 절조의 향기가 은은하게 우러나기까지 한다.

　그의 시조를 전체적으로 평가하기는 상당히 어렵지만 보다 구체적인 이해를 돕기 위해 몇 가지 특성으로 구분하여 개관하는 것이 편할 것 같다.

　박순영의 시 세계는, 첫째 인간에의 깊은 사랑이 주조를 이루고 있다. 그것을 다른 말로 휴머니즘이라고 할 수 있는데, 괴테나 몽테스큐 같은 봉건주의에 저항하는 부르주아적 휴머니즘도 아니고 사르트르나 하이데거 같은 사회주의적 휴머니즘도 아니다. 오히려 톨스토이식 인간의 본성을 아파하는, 그러면서도 어디까지나 한국적인 정情을 바탕으로 하는 인간애 그 자체라고 할 수 있다. 따라서 그 대상도 가족이든 친근한 동네 이웃이든 아니면 가난하고 소박한 약자든 상관이 없다. 언제나 공감 속에서 인간적 동정이 진정으로 흐르고 있다.

둘째로 그의 시에는 인간 정신의 근원에서 흘러나오는 그리움이 출렁인다. 그것은 때로 고독과 외로움의 싸움이기도 하고, 말할 수 없는 인간의 아름다움과 평화에의 추구이기도 하다. 물론이 역시 인간을 사랑하는 보다 큰 관념의 범주에 포함되지만, 그럼에도 절대적이고 타협할 수 없는 목숨을 건 투쟁과 같은 진실이 그 그리움 속에는 언제나 생생하게 살아 있음을 발견하게 된다.

셋째로 그의 시조는 한국적 문화와 생활과 그 소재들에 대한 끝없는 애착으로 점철되어 있다. 우리의 선비들의 정신이 깃든 매란국죽梅蘭菊竹 사군자를 비롯하여 우리의 이름 없는 꽃까지, 선비들의 문방칠우文房七友는 물론 한국의 집이나 사찰이나 들판들과 그 분위기까지 한국적인 모든 것이 그의 시의 소재요 사랑과 추구의 대상이다.

넷째로 그의 시어들은 매우 우아하고 고아高雅하며 그윽하다. 게다가 예리한 통찰력과 상상력은 우리의 것, 우리의 생활, 우리의 인생에 새로운 공감을 불러일으킨다. 뿐 아니라 아예 새로운 영역을 열어주기도 한다. 물론 뛰어난 비유나 이미지 창출과 함께 한계를 뛰어넘는 에스프리 그리고 심지어 현대시에서 보기 드문 희언까지도 등장한다. 그러면서도 타고난 여성적인 섬세함으로 시조 작품을 창작하는 데 힘 하나 안 들이고 아주 쉽고 자연스럽게 뽑아내는 것 같다.

II

이제는 날숨을
놓아도 되는지요

고요를 축내는 미물이 된 이 순간
끝없이 깃들여 오는 눈발 속의 소리들

철없는 영혼들을
우주로 불러내어

청정한 숨결 아래 하얗게 갇힌 날
잊었던 고해성사로 다시 젖는 발자국
―「눈에 덮인 날」 전문

흰 눈이 펑펑 쏟아지는 날, 고요 속에 영원과 생명이 교차하는
선적仙的 분위기가 가득하다. 자신도 모르게 동양화 속을 소요하
면서, 아치고절雅致高節의 운치에 흠뻑 젖어든다. 그 감격을 시인
은 "이제는 날숨을 / 놓아도 되"느냐고 묻는다. 겨울날―그 어지
러움 속의 역설적인 정밀靜謐, 그 속에 아려오는 목숨 가진 자의
한계와 연민을 넘어선 성숙의 깊이는, 속삭이듯 다독이듯 우리의

감성을 한편으로는 아름답게 한편으로는 아프게 촉촉이 적셔주고 있다. 그러고도 남는다.

박순영의 시조에서 계절과 관계되는 작품은 참으로 많다. 계절이, 자연이 재롱을 피우고 이야기하고 떼를 쓰는 모습을 그냥 지나치기에는 그는 너무도 감성이 풍부하고 사랑이 많다.

봄 강은 숨죽이고 꽃잎에 실려 가면 / 꽃 웃음 자지러진다 아지랑이 놀란다 / 봄 그냥 가는가 보다 몰래 쌓인 눈 녹는다
―「봄 이야기」 2수

비유와 유머 그리고 에스프리…… 여성적인 재기가 번뜩이지 않는가.

달빛에 걸린 갈잎 창가를 두드리고 // 귀뚜리는 목이 쉬게 은빛 강을 채우는데 // 저 달은 / 밝기도 하여 / 이내 속이 다 보이네―「달빛 아래 2」 전문

신발 밑에 찰싹 붙어 / 따라온 가을 한 잎 // 현관 앞 대리석에 / 노랗게 붙어 있다 // 흩어진 / 신발 사이로 / 고개를 쏙 내민다―「한 잎」 전문

가을 한 스푼을 / 커피 잔에 내리고 // 벌써라는 한 마디를 / 프림 대신 넣고서 // 씁쓸한 / 한 해를 물고 / 아쉬움을 넘겼다
―「초가을 단상」 전문

가을을 소재로 한 이들 시조를 살펴보면, 공감으로 다가오는 가을의 단상에 대한 리얼리티와 청량함은 차치하고라도 한결같이 감각적 형상화를 이룬 구도의 분방함과 표현의 자유자재함에 놀라지 않을 수 없다. "귀뚜리"가 "목이 쉬게 은빛 강을 채우는", 달 비치는 가을밤의 감각적 형상화 장면은 가을이라는 계절이 주는 이미지에 대한 깊은 통찰력과 상상력이 합력하여 이룬 절창이 아닐 수 없다. 아마도 시인은 동양적 신비의 미학에 처용처럼 "밤 드리 노닐" 수밖에 없었는지도 모르겠다. 게다가 달빛에 걸린 갈 잎과 그 달빛에 가을 강같이 드러나는 속마음의 구도는 말 그대로 냉철하리만큼 아름답지 아니한가.

특히 「한 잎」은 시각적 촉각적 공감각과 환유가 주는, 언어의 외연을 극대화한 감각적 표현의 전범이라 할 만하다. 「초가을 단상」 역시 커피를 타서 마시는 과정과 초가을을 보내는 두 가지의 사건을 은유적 또는 풍유적 수법으로 소화해낸 걸작이다.

물 맑은 하늘길 바람을 가로막고
소곤소곤 재잘재잘 신명 나는 가시내
꺾일 듯 가는 허리에 가을만 취해간다

—「코스모스」전문

꽃 잔치에 밀려가다 엉겅퀴에 찔린 발
바위틈에 기대고 수줍게 내민 고개
나더러 오랑캐꽃이래 투덜대다 배시시
—「제비꽃」전문

박순영은 계절과 함께 온갖 꽃과 식물을 대상으로 삼아 시리즈
형식으로 쓴 시조도 참 많은데, 언어의 배열이 조금도 망설임 없
이 쉽게 흘러나온다. 작품의 소재마다 새로운 생명을 얻어 개성
대로 분방하되, 살아 움직이는 몸놀림과 마음 씀씀이가 천의무봉
天衣無縫, 자연스러움의 물결을 탄다. 게다가 사이사이에 발랄한
재기에 유머까지 곁들인다. 하물며 여성적 섬세함까지도 유쾌함
을 더해주지 않는가. 가히 타의 추종을 불허한다 하겠다.

Ⅲ

박순영 시인은 다재다능한 사람이다. 그는 서예(한문)에도 능
하며, 동양화 특히 사군자를 고루 잘 치는데 모두 대단한 수준에
이른 것으로 평가받는다. 자신에게는 서릿발 같으면서 또한 남들
에 대해서는 인간의 한계를 아파하는 따뜻함과 다감함을 지닌,

그야말로 타고난 시인이다. 시조 또한 소재와 주제가 다양하며 추구하는 바가 참으로 풍성하다. 여리고 서릿발 같고 따뜻하다.

그러나 박순영의 시 세계의 중심을 이루는 것은 그중에서도 역시 인간에 대한 폭넓은 사랑이다. 때로는 가족과 이웃 또는 지인들에 대한 절절한 사랑의 물무늬 속을 노니는가 하면 말할 수 없는 그리움과 절대적 고독을 몸살처럼 앓기도 한다. 그런가 하면 탈속과 달관을 넘어선 깨달음의 영역을 소요하기까지 한다. 그런 가운데 특히 약하고 가난한 자들에 대한 긍휼과 연민의 마음을 주체하지 못하기도 한다.

　　꽃같이 살자더니
　　그도 꽃이 되었는지

　　생일 선물 준다며
　　꽃 한 송이 들고 왔네

　　어쩜 그 함박꽃 같은
　　환한 웃음 함께 안고
　　ㅡ「생일 선물」 전문

어떤 소리 하나, 냄새 하나, 사진 한 장, 친구들과의 추억의 편린 하나에 행복과 고통은 생생하게 되살아나는 것이다. 작은 돌에 걸려 넘어지지 산에 걸려 넘어지는 일은 없다고 하지 않던가. 시의 화자는 단순한 생일 선물 꽃 한 송이에 사랑과 행복이 가슴에 가득 차서 출렁인다. 이처럼 소박하고 순수하다.

> 때마다 만났는데 그도 둘만 보자시니
> 유독 그 맘속에 제자리가 있었군요
> 첨으로
> 뿌듯해오는
> 기다림을 만났지요
>
> 잔잔한 커피 향과 단아한 그 모습은
> 어울려 아름다운 카페의 액자처럼
> 세월의
> 때가 낄수록
> 값진 날이 되겠지요
> ―「꼭 둘이서」 전문

"꼭 둘이서" 만난 자리, "잔잔한 커피 향과 단아한 그 모습"은 "카페의 액자처럼" 잊을 수 없는 이미지로 소중하게 가슴속에 새겨진다. 생활 속에서 만나는 연꽃 같고 매화꽃의 개화 같은 사랑의 이미지들이 평화롭고 따뜻하게 그리고 조금은 수줍게 그리움의 망막 깊이에 살아 숨쉬기도 한다.

내가 가면 외갓집 이모 오면 조카 집
반가운 엄마 얘기 이모께는 동생 얘기
안기면 그리운 것들 이모 품엔 다 있다
―「이모 품에는―사모곡 4」 전문

사랑하는 이모, 조카 그리고 그들과 나누는 정작으로 그리운 엄마 이야기―세상에 이보다 더 정다운 사람들이 또 있을까? 자주 쳐다보지는 않아도 쳐다보면 언제나 그 자리에 있는 높고 푸른 하늘처럼 편안하고 영원한 엄마. 그 같은 그리움이 다시 또 있을까?

그래서 "어머님이 살아생전 / 쓸고 닦던 그 집은 // 혼자되신 아버님이 / 지키시는 어머니 집"(「친정집」)이다. 혼자 외롭게 그러나 자작나무처럼 정결하고 오연하게 살고 계시는 아버지에 대한 연민과 사랑의 마음이 울컥 목젖을 뚫고 올라옴과 함께, 다시금 엄마의 빈자리는 가슴에 그렇게 크게 휑하니 바람이 새는 공허함을 느끼게 한다.

목숨 줄 걸어두고 사랑한 적 있는지
피눈물로 가슴 적신 이별은 있었는지
사무쳐 그리운 날이 미워진 적 있는지
―「진정으로」 전문

사랑이라는 것은 서로가 충만하여 마음껏 행복을 누리는 순간이 가장 아름다울 것이다. 하지만 오히려 그렇게 되기 전 불확실함으로, 설렘과 그리움으로 애타는 초연初戀 시절이나, 또는 상실과 부재로 인하여 외로움, 고독과 사투를 벌이며 사무치는 그리움을 견디고 이겨내야 하는 시절이 훨씬 더 그 깊이와 절절함을 느끼게 할 수도 있다.

이쯤에서 시인은 사랑에 대하여 본질적인 질문을 던진다. 그것이 위 시조의 제목 '진정'이 시사하는 바다. 다소 직선적인 느낌이 없지는 않으나 따지고 보면 그의 시 전반을 흐르는 모든 인간에 대한 관계를 나타내는 화두는, 말 그대로 '진정'이란 한마디로 요약할 수 있다. 그래서 그는 어떤 고통에도 무감각해지려고 하지 않는다. 그것은 외로움이든 부재나 상실로 인한 상처든 그 어떤 고통이든 마찬가지다. 결코 마다하지 않는다. 피하지 않는다. 오히려 그는 시조를 통하여 그 고통을 진정한 생명과 사랑의 감각으로 승화시키고 있음을 볼 수 있다.

그러니 사랑에로의 접근도 그렇게 진지할 수밖에 없다.

스쳐라도 두 눈을 몰래 아니 보는 건
실없는 한마디도 건네지 못하는 건
행여나 놓칠 것 같은 그 한마디 때문에
ㅡ「그 한마디」 전문

왜 그럴까? 그것은 그의 심령 속에 순도 100%의 '진정'이 담겨 있기 때문이다. 우리는 말한다. "성심誠心을 다한다", "정성을 다한다", "전력을 투구한다"라고. 그렇다. 정말 그렇다. 언제나 그런 마음 상태로 사람을 대하고 관계를 유지하는 것을 우리는 '진정'이라고 한다. 그러니 사랑의 시작부터 진정으로 할 수밖에. 박순영의 시를 대하면서 "너는 누구에게 한 번이라도 뜨거운 사람이었느냐"라고 절규하던 어느 시인의 시구가 생각난다. 아니 그것보다 훨씬 더 진지하다.

다시 오기 어렵다는 그 말조차 그리워
서러움 삼켜 웃는 속절없는 사람아
가는 길
접고 접어도
외로움만 천리라
—「외로움—황진이 3」 2수

노을까지 태우고 바람이 된 그리움
떨어진 한 잎마저 불덩이로 솟구치면
먼저 간 시간들조차
돌아오려 합니다

순간의 떨림들이 전율처럼 밀려들어
아름다운 침묵으로 내려앉은 시간은

기억 속 눈감지 못하는
가을비가 됩니다

품 안에 숨겨놓은 피리 소리 들릴까
마지막 그림이 된 그 미소가 아쉬워
지그시 입술 깨물고
혼자 웃어봅니다
—「내 가을날」 전문

광대놀음 핑계 삼아 기대도 보고 싶고
슬그머니 마주 보며 웃어볼까 했는데
마음이 졸고 있는지 쪽지 한 장 없네그려
—「형! 보게나」 3수

아무리 애써도 안 되는 것이 있다. 아무리 노력해도 할 수 없는
것이 있다. 그러나 그 애씀, 그 노력 가운데 사랑만큼 절실한 것
이 있으랴. 그만큼 집중력과 열심과 몰두를 다하게 하는 것이 또
있으랴! 더구나 그것이 아무리 해도 뜻과 같지 않을 때는 더 말할
수가 없는 것이다.

그것은 상실과 부재 또는 알 수 없는 운명의 엇박자가 만들어
내는 고통일 것이다. 그것은 절대적 고독이고 어찌할 수 없는 그
리움일 터이다. 그러므로 사랑한다는 것은 아파하고 슬퍼한다는

뜻이다. 말로 표현할 수 없는 통증이요 쓰라림이다. 그렇기에 그
것은 바로 생명의 외표이다.

위의 세 편의 시조는 한결같이 그러한 시인의 마음을 투사하고
있다. "가는 길 / 접고 접어도 / 외로움만 천리라". 은유 속에 숨
어 있는 화자의 애절한 사랑의 소망이 얼마나 우리들의 마음에
쓰나미처럼 공명으로 울려오는가.

노을과 가을비와 그 모든 것을 미소로 승화시키는 처절하면서
도 아슬아슬한 자기 다스림의 인간적 고뇌(「내 가을날」), 기대와
소망을 채울 길 없는 상실감을 아무렇지 않게 치부하려는 안타까
움(「형! 보게나」) 등을 통하여, 우리는 생명 가진 자의 처절한 투쟁
과 분투와 그 초월을 향해 성실한 발자국을 한 발 한 발 새겨가는
인생의 함축을 뜨거운 공감으로 경험하게 되는 것이다.

이러한 진정이 담긴 고독과 통증은 그의 작품 곳곳에 나타난다.

> 죽어야만 보이는 사자死者의 손짓 너머
> 사랑과 이별을 끝도 없이 훔쳐내 온
> 더 이상 꽃이 아니야 핏덩이 진 가슴이야
> ─「꽃이 아니야─장미」 3수

얼마나 빨갛기에, 새빨갛기에, 아니 얼마나 아팠기에, 얼마나
통증이 심했기에 꽃이라 할 수 없고, "사랑과 이별을 끝도 없이

훔쳐내 온"핏덩이 진 가슴"이라 했을까!

당신의
언저리를
맴도는 그림자로

당신의
옷깃에
스미는 바람으로

뜰 앞에
잠깐 머무는
낙엽이고 싶습니다
ㅡ「이제는」 전문

숨쉬기를 잊을망정 널 어찌 잊겠니
잊으려도 잊는 법을 잊어버린 까닭에
너와 나 손 닿지 않는 그 순간을 맴돈다
ㅡ「잊으려도」 전문

　운명과 현실의 벽 앞에서 그림자로, 바람으로, 낙엽으로 홀로
우는 외사랑의 아픔이라도 결코 놓을 수 없는 사랑(「이제는」)이라

는 것의 무참한 통증이 진정을 넘어 뼛속에서도 느껴지지 않는가. 또한 "숨쉬기를 잊을망정 널 어찌 잊겠니 // 잊으려도 잊는 법을 잊어버린 까닭에"는 "너와 나"가 서로 영원히 손 닿지 않는 순간을 맴돌고 있을 뿐 사랑을 나눌 수 있는 여건이 주어지지 않는 애절한 운명의 안타까움을 노래하는 것 외에도, 동음 반복으로 인한 운韻의 리듬이 기가 막힌 희언punning을 연출하며 시조의 음수율律의 리듬에 얹혀, 아름다운 운율을 창출하는 재미를 맛볼 수 있다.

Ⅳ

그러나 이러한 고통—그리움이나 고독—은 존중되어야 한다. 인간에게 가장 소중한 사랑이 활활 불타오르고 있다는 신호다. 진정이, 생명이 살아 숨 쉬고 있다는 증거다. 그것을 통하여서만 인간은 성숙해질 수 있다. 먼저 시야가 넓어진다. 아무 관계도 없는 남을 품고, 다른 인간들의 삶을 이해하게 된다. 그리하여 객관적이될 수 있다. 세상에서 가장 어리석고 미성숙한 인간은 어떤 사람인가? 자기 자신만 아는 사람, 곧 지극히 주관적인 사람이 아니던가?

그런데 여기서, 죽을 때까지 인간의 본성에 달라붙어 결코 떨어지지 않는 에고를 떨쳐버릴 수 있는 길을 시인은 스스로 선택하고 스스로 걸어가고 있음을 본다. 그리하여 인생의 근본적인 문제를 머리가 아닌 가슴으로 깨닫는 경지를 열어가는 것이다.

꿀맛 같은 새벽잠을
첫 담배로 요기하고

긴 줄로 웅성대는 모퉁이의 빈손들

일회용
종이컵 같은
하루를 팔고 산다
—「인력시장」 전문

오늘은 내가 살고
내일은 누가 살까

희망은 언제부터 기억을 떠나가고

지금은
이십오시다
꿈에 보는 엄마 얼굴
—「실직失職」 전문

그도 한 번은
아버지의 아들로

어쩌면 지금은
아들의 아버지로

사무친
세월의 꿈이
지하도에 자고 있다
　　—「노숙자露宿者」 전문

　여기서 우리는 나 자신과는 직접적인 아무 관계도 없는 주변에
있는 약자들, 힘들고 어려운 사람들에 대한 깊은 이해를 만나게
된다. 다시 말하지만 사랑이란 상대가 아플 때 같이 아파하는 것
이다. 보다시피 그것은 한번 슬쩍 스쳐 가는 감정의 파문에서 그
치는 것이 아니다. 그 시선과 마음과 행위에 그리고 그 사람됨 속
에 담겨 있는 진정의 발로다. 이것이 톨스토이나 롤랑이 말하는
진정한 의미의 휴머니즘일 것이요, 타인과의 공감이자 인간에의
사랑의 본모습일 터이다.

V

　사람은 누구나 생로병사生老病死의 과정을 겪는다. 이 문제로
고통받는 인생을 안타까이 여겨 석가는 설산雪山에서 고행을 하

다가 마침내 보리수 아래서 해탈解脫을 하였다고 한다. 그리고 많은 종교에서도 나름의 문제 해결의 방책을 내놓고 있다. 그럼에도 불구하고 대부분의 사람들은 진정으로 거기서 벗어나지 못한다. 두려워하고 괴로워하고 외로워하며 허무해한다. 필자는 기독교인으로 예수 안에서 확신과 평화를 누리려는 사람이지만 아직도 많은 숙제를 앓고 있다.

박순영은 자신의 문제에 대하여는 상당히 도외시하는 듯하다. 그러나 언뜻언뜻 보이는 그의 시조에 나타난 이미지들의 편린을 통해, 그도 역시 자신의 문제를 안고 깊이 사색하며 다스리고 있음을 알 수 있다. 나아가 이 세상의 수없는 고통과 상처scar를 하늘에 반짝이는 소망의 별star로 승화시켜가고 있는 사람이라는 것도 알 수 있다.

가난한 제 결심에 회초리를 드십시오
마음에 돋은 심지 키우지도 못하고
두 손만 한데 모으고 매달리고 있습니다
—「기도」 전문

모든 인간들이 그렇듯이 그러나 그게 어디 그리 쉽기만 한 일인가. 채찍질도 모진 결심도 통하지 않는 우리의 능력과 지혜 밖의 일이 아니던가! "두 손만 한데 모으고 매달리고 있습니다" 이것이 정답이라고 생각한다. 여기까지 오는 데도 본격적인(내면적

으로) 크리스찬이 아니라면, 수없는 성찰과 자신을 객관화하고 현
실을 수용하는 용기 없이는 불가능한 일임에 틀림없다.

그 전에 아래의 과정을 겪기도 했으리라.

지난번 동행할 땐 일내는가 싶었어
한동안 안 보여서 다행이다 싶었는데
또 다른
길목을 지켜
이렇게 만나는군

이번 길엔 예전처럼 밀지는 말게나
한 사흘 마주 보며 그렇게 가고 싶네
고향 길
가까웠으니
재촉 말고 쉬엄 가세
―「병마」 전문

위의 「병마」는 구체적으로는 알 수 없지만 상당히 어려운 병일
것으로 추정된다. 자신의 것인지 남의 것인지도 아는 바가 없다.
다만 한 번 괴롭혔다가 상당한 세월 뒤에 다시 도져서 나타났음
을 알 수 있다. 고질병은 친구처럼 동행하라는 말이 있듯이 담담
하게 동행하고자하는 화자의 여유와 침착함에 오히려 유한함의

아픔을 진심으로 공감하게 된다. 아무튼 어느새 이순에 이른 박순영 시인의 대추방망이처럼 여문 속내에, 인생을 달관한 넉넉함이 함께 어우러져, 푸근한 인간미가 따사롭고 여린 감수성으로 조화롭게 드러남을 볼 수 있다.

> 장 콕토는 소라 귀 내 귀는 울음 귀
> 내 안의 소리를 귀 기울여 들으라고
> 날마다 울고만 있다 귀뚜라미 한 마리
> ―「이명耳鳴」 전문

「이명」을 통하여 내 안의 소리를 듣고 있는 운명에 대한 인자함은 또 뭐라고 말해야 할까?

매일같이 귀뚜라미 울음소리를 통하여 내 존재의 근원과 본질을 깨우치며 즐기는 사람 같다.

> 생각이 날 버리기 전에
> 생각도 놓아주고
>
> 젖무덤 잠든 아가
> 꿈길에 놀러 가듯
>
> 강 건너

가는 그 길을
나도 그리 가려네
—「귀로歸路」전문

박순영의 시조는 이제까지 살펴본 바와 같이 날이 갈수록 성숙을 더해간다. 그가 세상을 대하는 태도는 어찌 보면 최순향의 "당신께서 / 부르시면 당신께서 오라시면 / 소꿉장난하던 아이 / 두 손 털며 안길게요"(「기도 2」부분)의 분위기와 흡사하기도 하다. "젖무덤 잠든 아가 / 꿈길에 놀러 가듯 // 강 건너 / 가는 그 길을 / 나도 그리 가려네"에서 보듯이 달관이요 탈속의 경지를 여유 있게 소요하고 있음을 본다.

이제 마무리를 하겠다. 박순영은 타오르는 정열과 섬세하고 풍성한 심미감, 통찰력 및 상상력과 창의력 등은 원숙의 경지를 넘어섰으며 그의 작품들은 이미 절정에 달해 있다고 본다. 인생에 대한 깊고 폭넓은 이해와 그의 마음 바탕에 깔려 있는, 사람을 '진정'으로 대하는 순수한 인간애, 그리고 무엇보다도 아주 쉽고 자연스럽게 격조 높은 시조를 다량으로 생산할 수 있는 창작 능력을 아주 높게 평가한다. 앞으로 우리 시조의 발전을 위해 불가결한 분으로 기대하는 바가 크다. 진심으로 건투를 빈다.

꽃이 아니야

초판 1쇄 2014년 5월 7일
지은이 박순영
펴낸이 김영재
펴낸곳 책만드는집

주소 서울 마포구 양화로3길 99 4층 (121-887)
전화 3142-1585·6
팩스 336-8908
전자우편 chaekjip@naver.com
출판등록 1994년 1월 13일 제10-927호
ⓒ 박순영, 2014

ISBN 978-89-7944-476-6 (04810)
ISBN 978-89-7944-354-7 (세트)